9787559626042

古利和古拉的海水浴

[日] 中川李枝子 著　[日] 山胁百合子 绘　季颖 译

北京联合出版公司

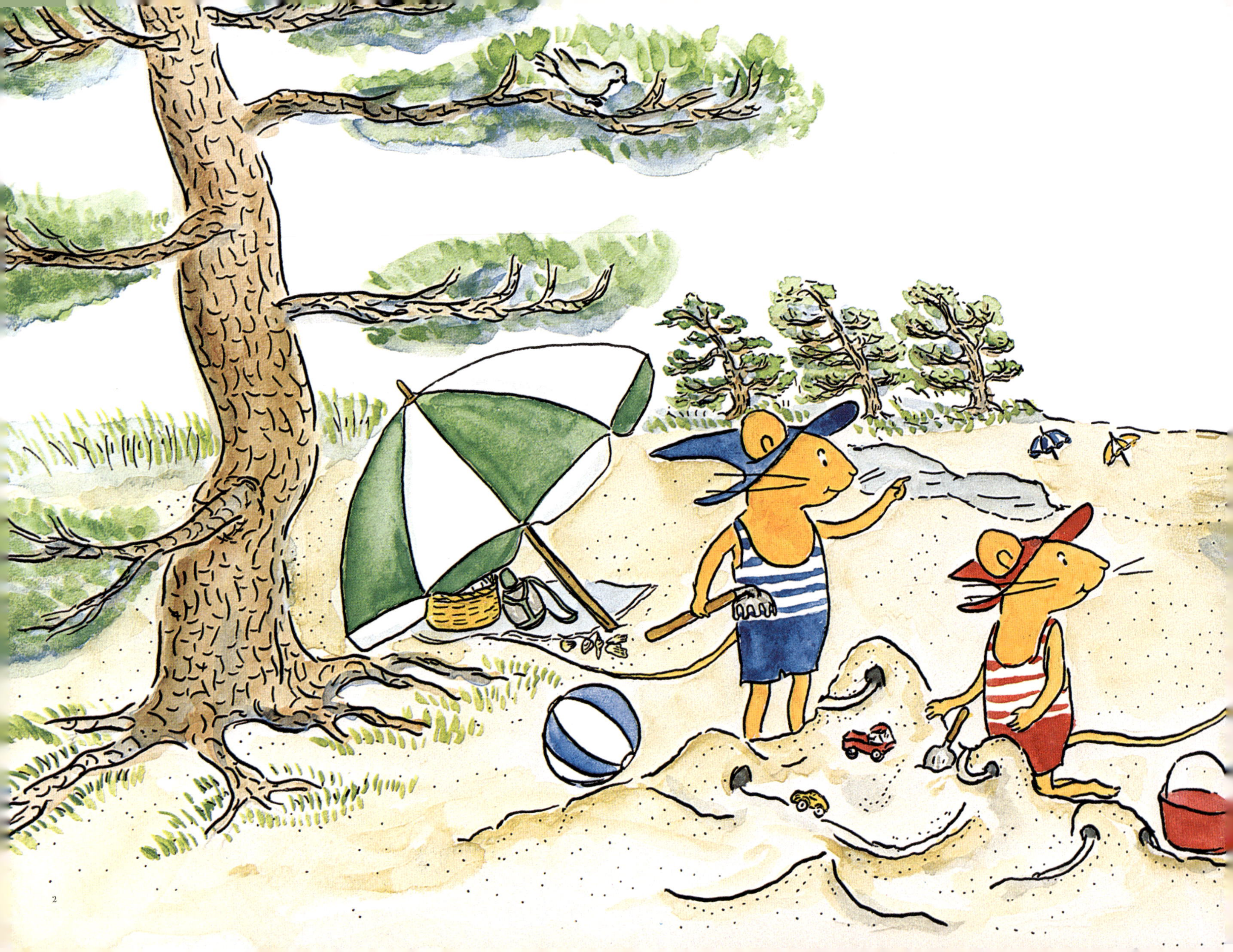

田鼠古利和古拉在海滩上玩,
忽然,他们看见海面上漂着一个闪闪发光的东西。
"哎呀,那是什么啊?"
"要是咱们会游泳该多好,就能游过去看看了。"
"啊!朝这边漂过来了。"

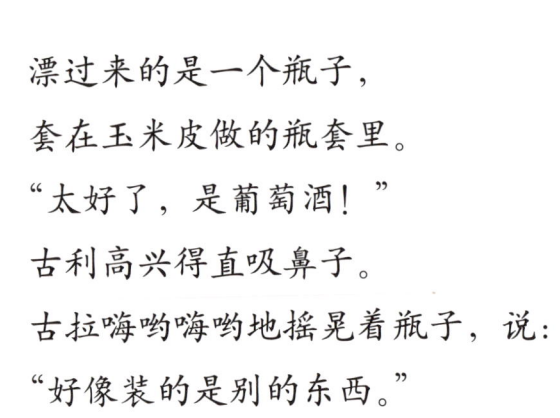

漂过来的是一个瓶子，
套在玉米皮做的瓶套里。
"太好了，是葡萄酒！"
古利高兴得直吸鼻子。
古拉嗨哟嗨哟地摇晃着瓶子，说：
"好像装的是别的东西。"
"打开看看吧。"
"好，打开看看。"

可是，瓶塞太紧，拔不出来。
"找到开瓶子的东西了！"
古拉捡来一个尖海螺拧进瓶塞，嘿，还真管用。
砰！瓶塞拔出来了。
从瓶里拿出来的是——

信、地图和救生圈。

好心的朋友
请到珍
灯塔

"信上写的'好心的朋友',是指我们俩吗?"
古利和古拉脸对脸互相看了看。
"海童是什么人?"
"肯定是个游泳能手。"

你们所在的位置

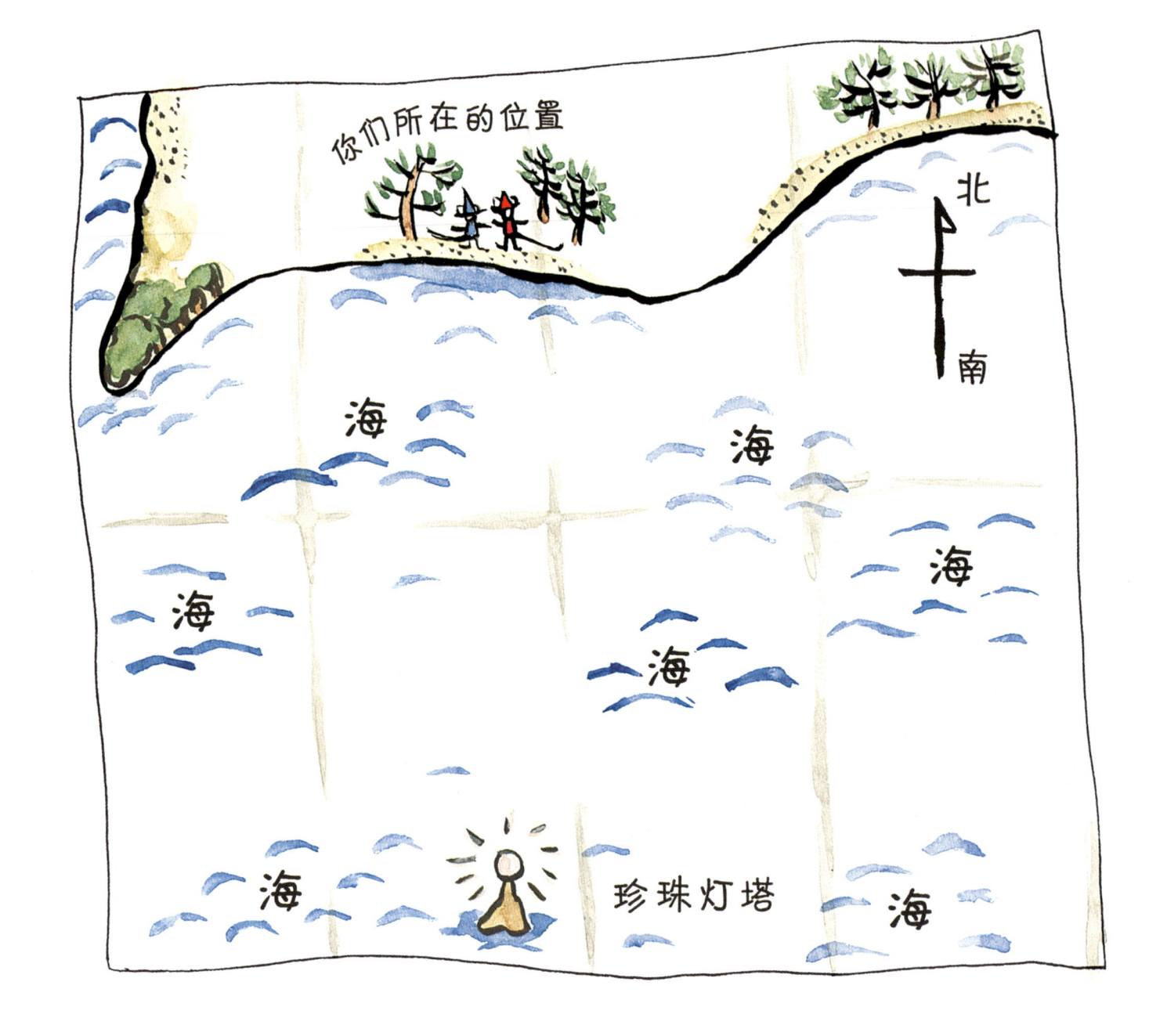

北
南

海　海
海
海
海
海

珍珠灯塔

古利和古拉看了看地图。

"往南,往南……哈,珍珠灯塔在这儿。"

"好,咱们去看看。有了救生圈就不怕。"

古利和古拉把救生圈吹得鼓鼓的。

"准备完毕!"

"出发!"

第一次 下海去 古利和古拉

乘风又破浪

冒险胆子大

沉住气 不慌张 古利和古拉

悠闲又自在

游向海角和天涯

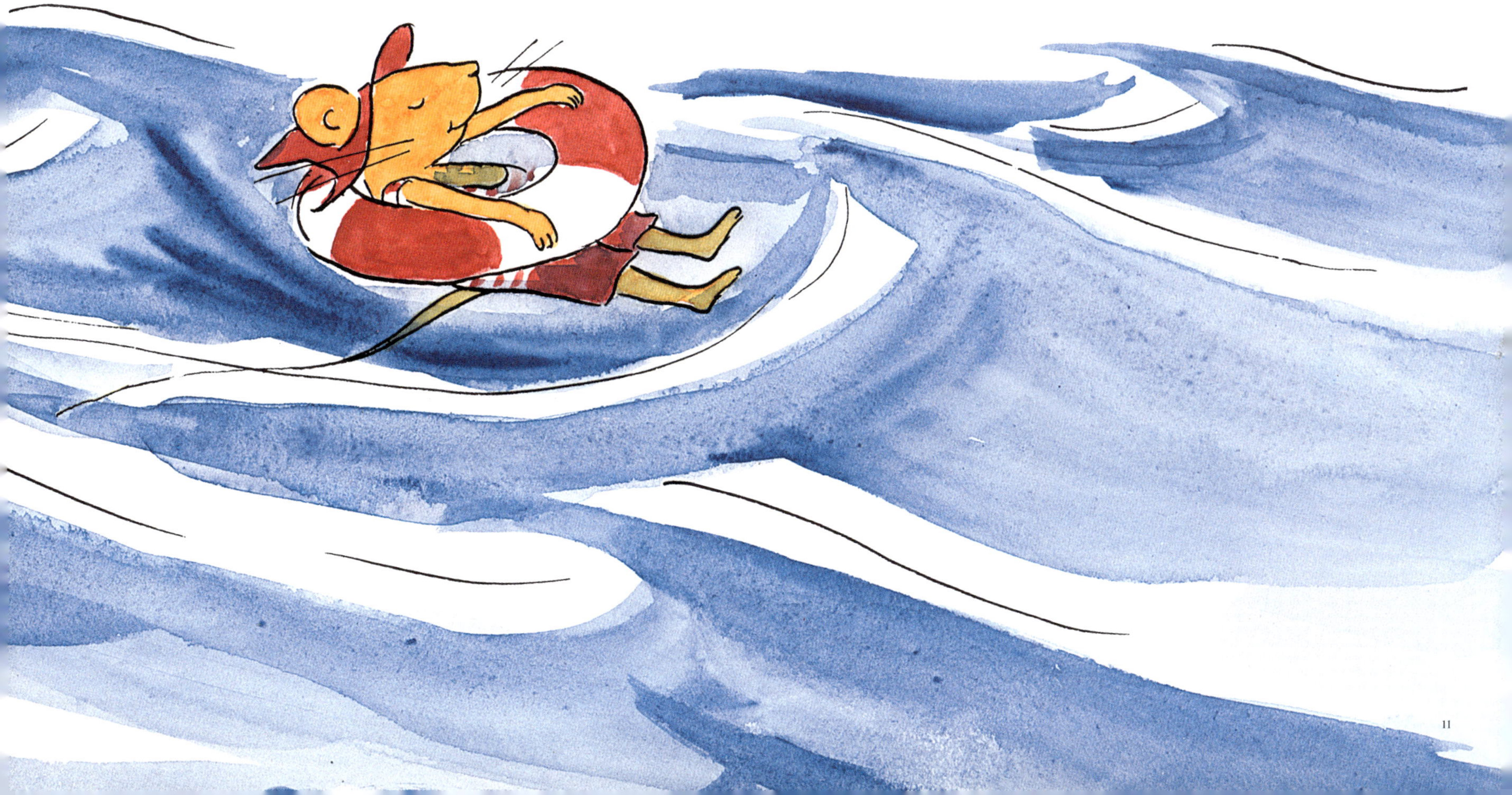

突然，波浪里冒出一个圆头圆脑的人，冲着古利和古拉喊：

"喂，好心的朋友。"

"啊，是海童。喂——"古利和古拉也朝那个人挥手。

海童一下子就游到了古利和古拉旁边，说：

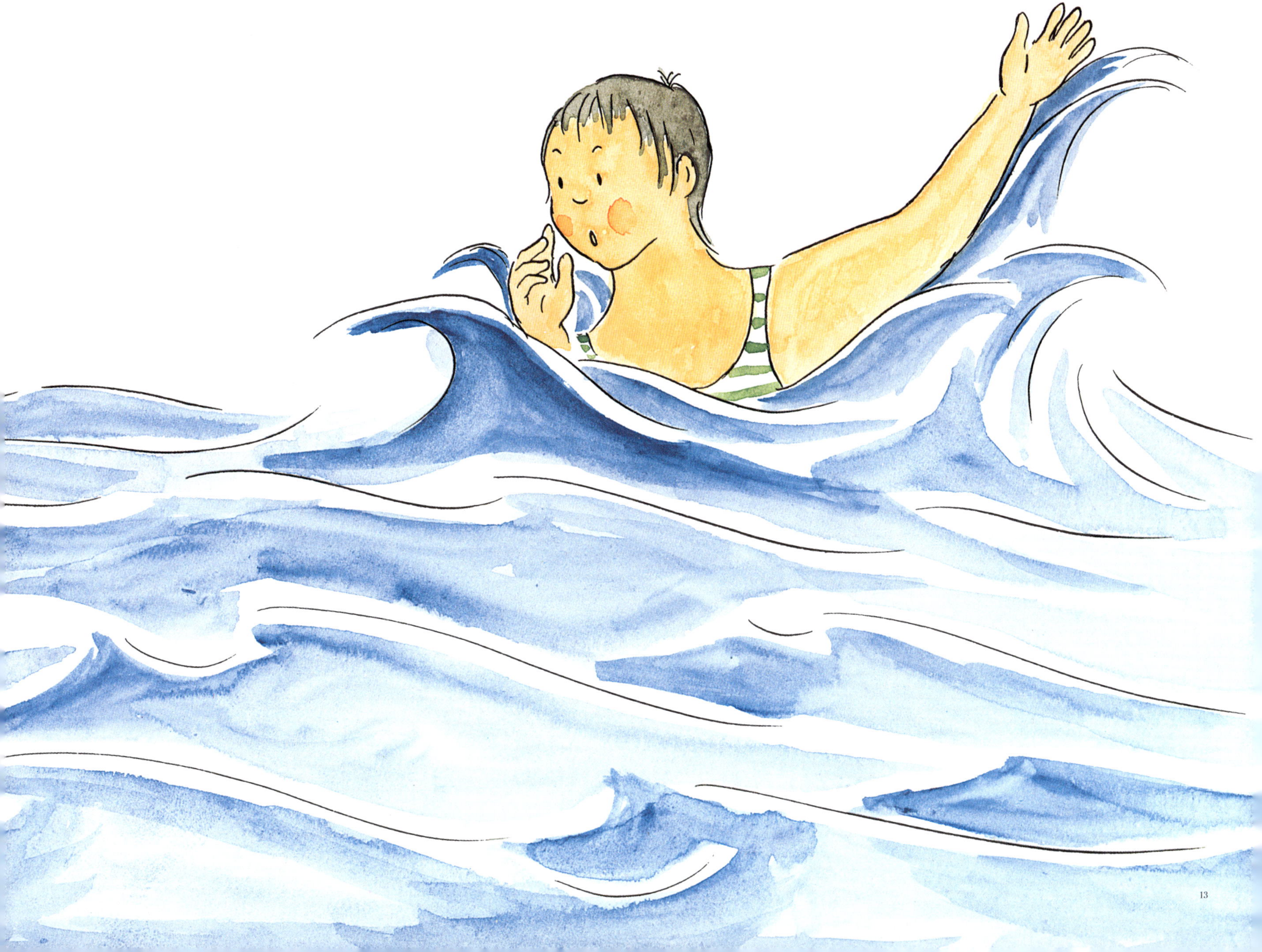

"来，我拉着你们游，这叫海童式！"
他抓住救生圈，双脚猛力蹬水。
那速度别提有多快了！

一眨眼的工夫——

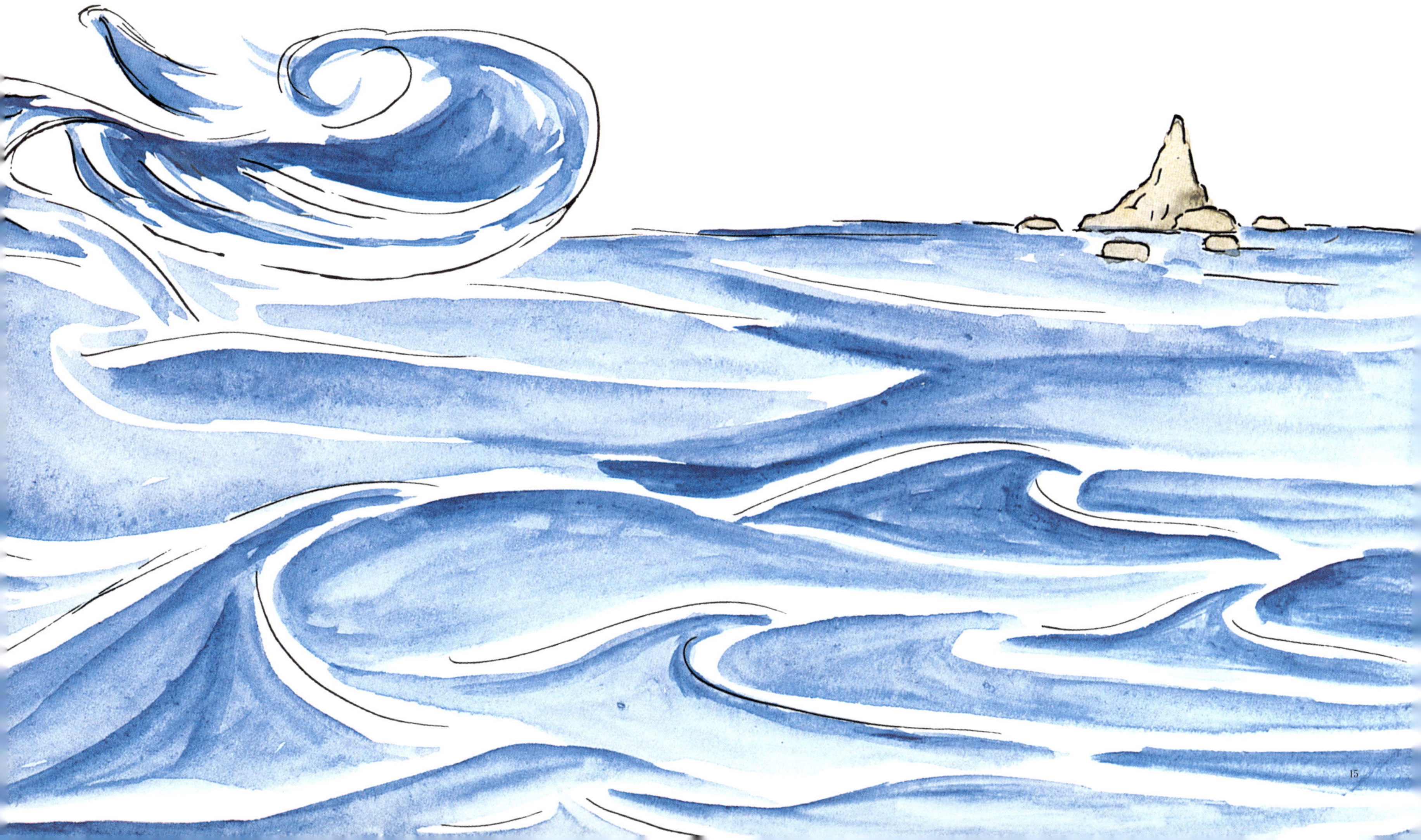

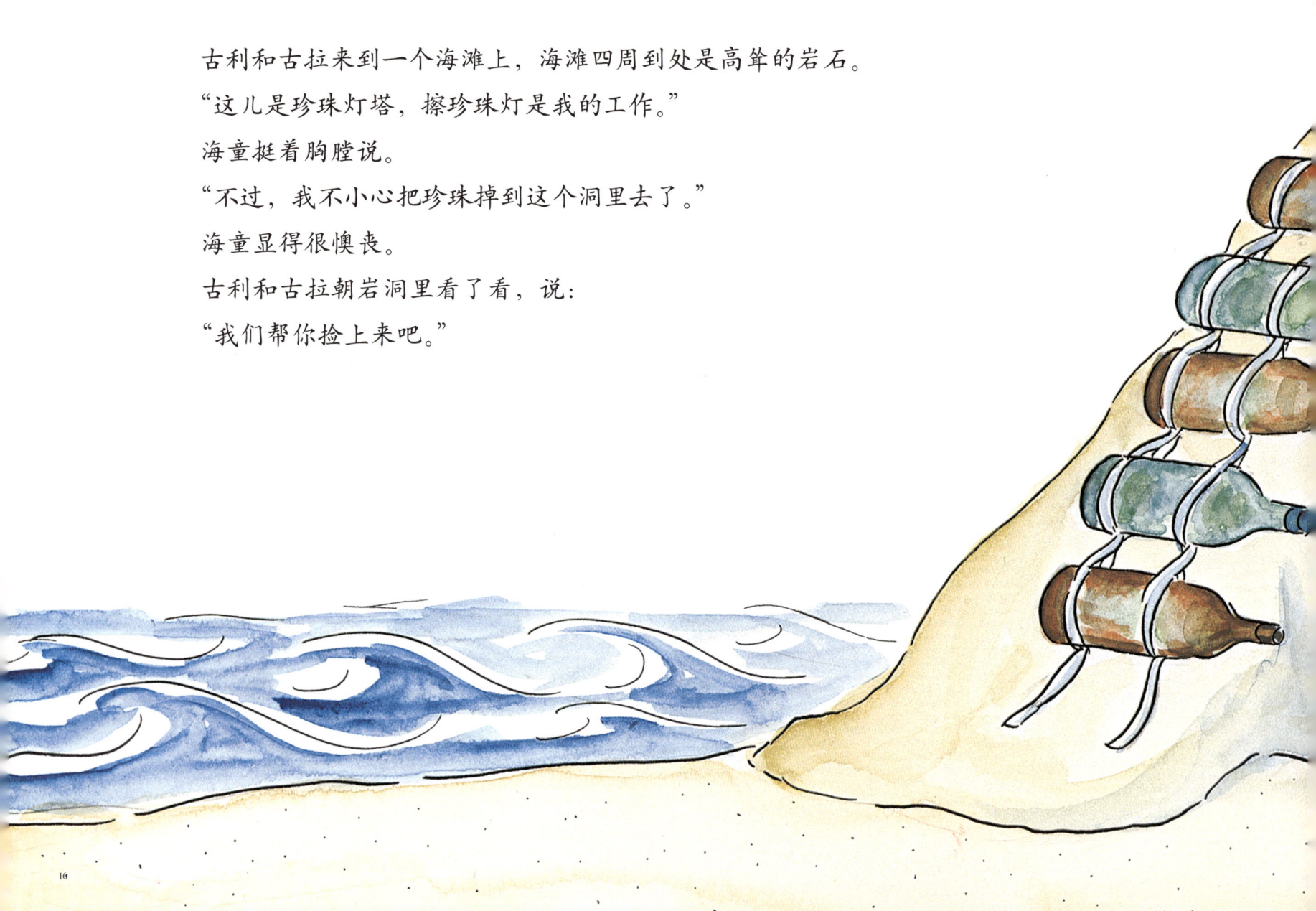

古利和古拉来到一个海滩上,海滩四周到处是高耸的岩石。

"这儿是珍珠灯塔,擦珍珠灯是我的工作。"

海童挺着胸膛说。

"不过,我不小心把珍珠掉到这个洞里去了。"

海童显得很懊丧。

古利和古拉朝岩洞里看了看,说:

"我们帮你捡上来吧。"

17

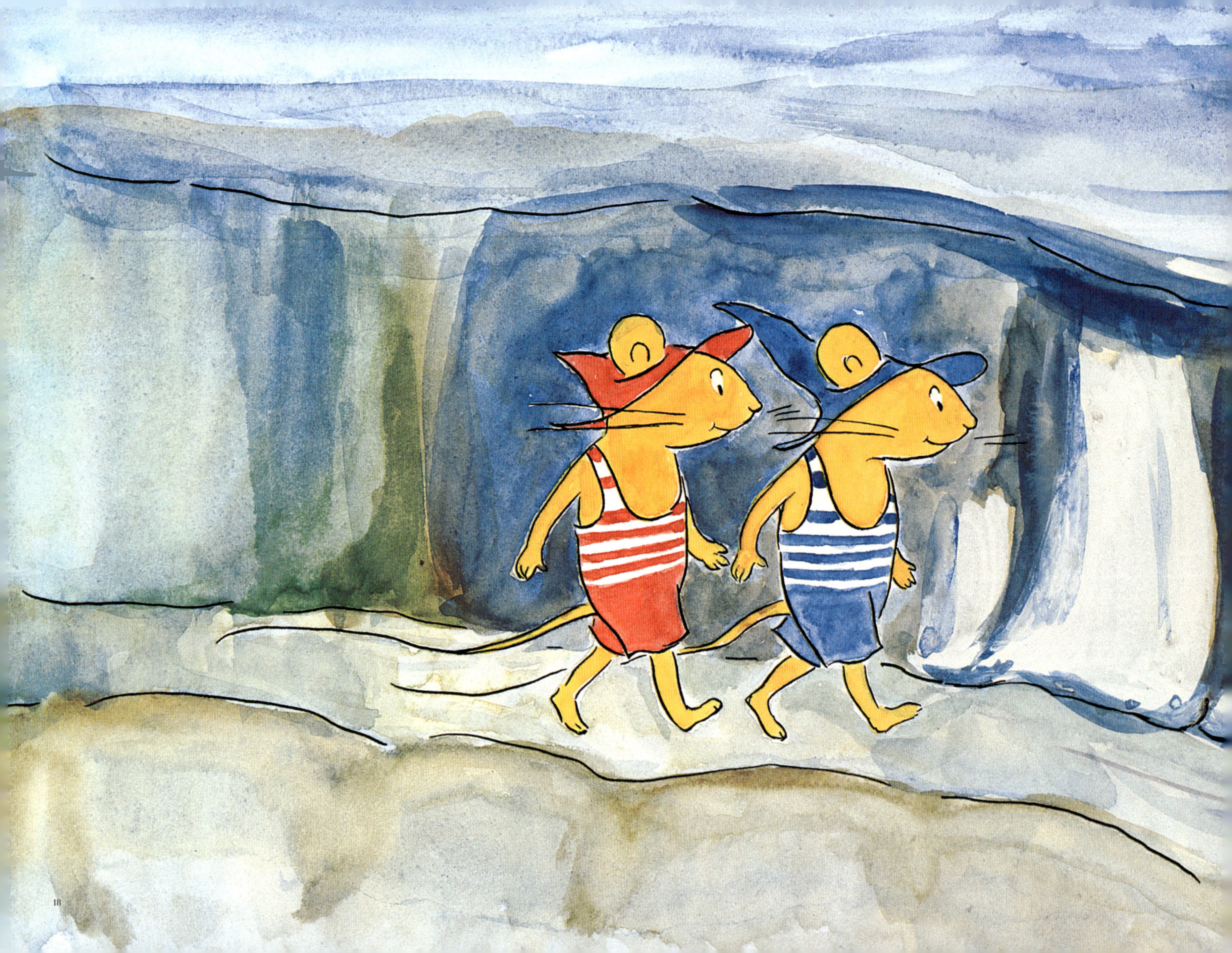

一步,两步……古利和古拉走进昏暗的岩洞。

耳边传来波浪拍打岩石的声音。

岩洞深处有银白色的光亮。

原来,是一颗又大又漂亮的珍珠在放光。

找回珍珠,海童高兴极了。

他对古利和古拉说:"谢谢。你们真不愧是好心的朋友!"

海童把珍珠放到岩石顶上去。

"哈,这下好了!"

然后,他问古利和古拉:"怎么感谢你们才好呢?"

古利和古拉请求他说:"你游泳给我们看看吧。"

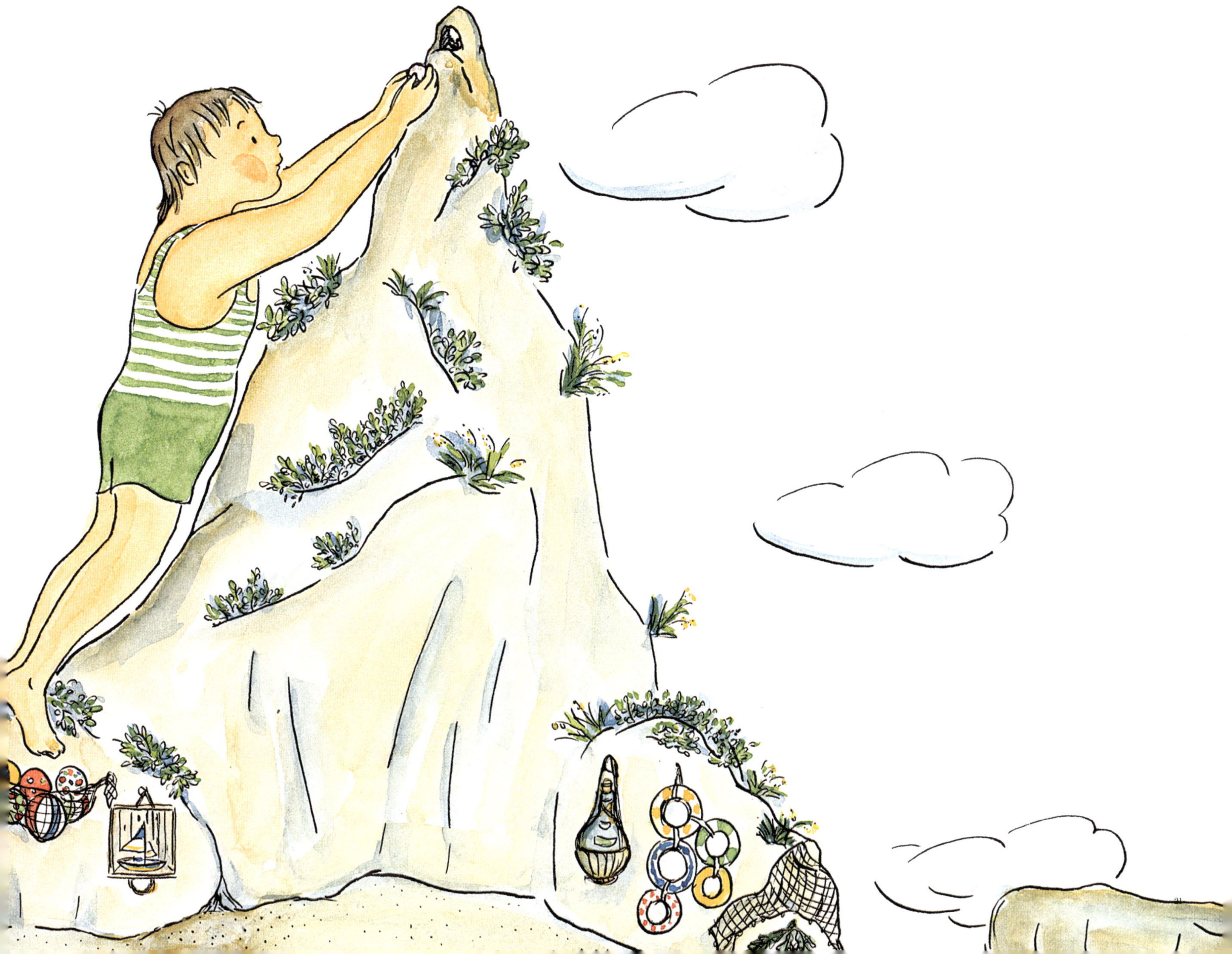

"这太容易了!"海童跳到海里。

先来一个狗刨式,

再来一个海蜇式,

鲸鱼式，

蝴蝶式，

比目鱼式，

青蛙式，

最后来个海豚跳。

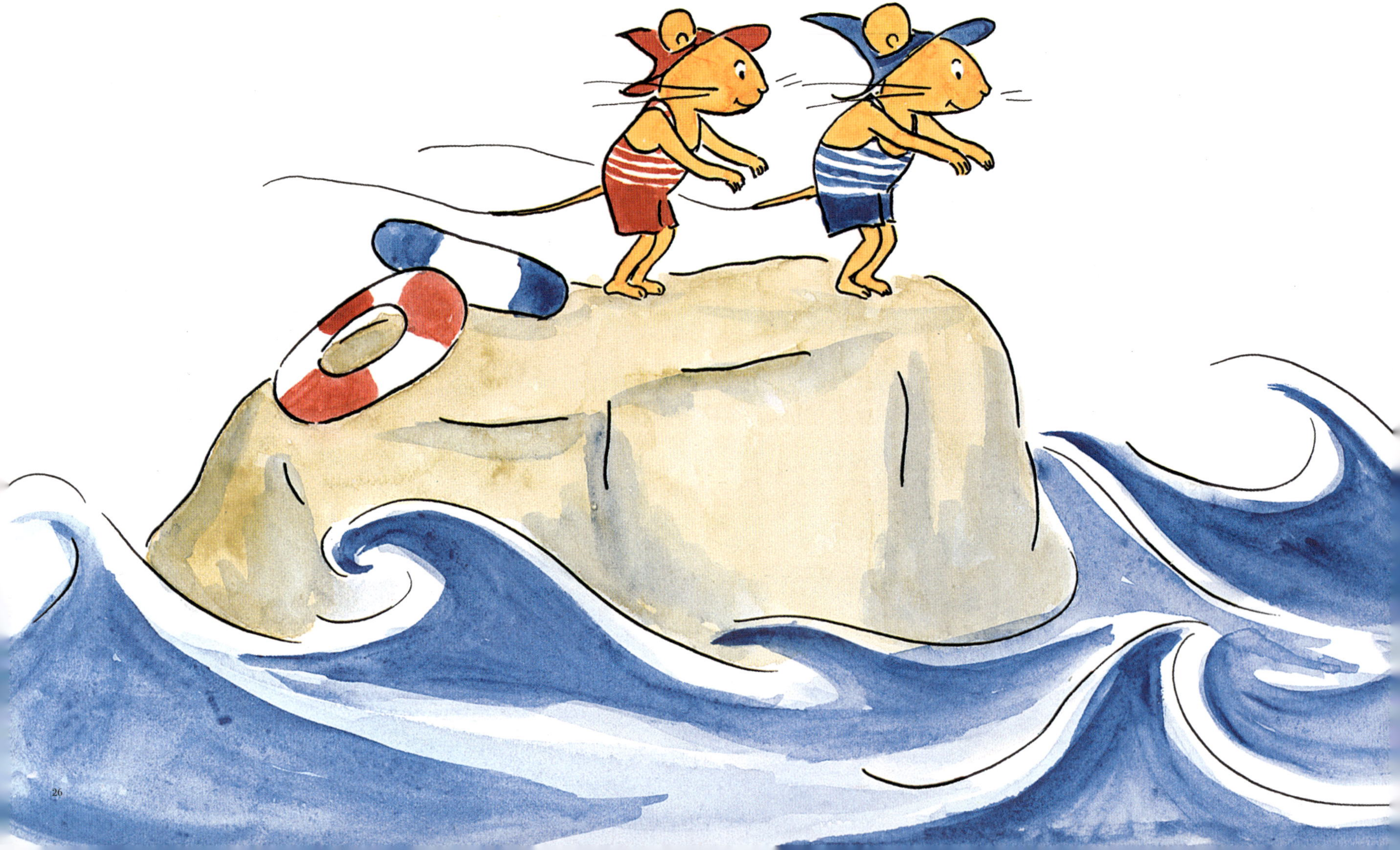

"太棒了!"

古利和古拉欢呼起来,眼睛瞪得圆圆的。

"我们也能像你那样游泳就好了。"

"当然能了。"海童说,

"勇敢点儿,跳下来。来呀!"

古利和古拉
跳进海里。

他们按照海童的口令划动手脚,哈哈,游起来了。

狗刨式,

海蜇式,

鲸鱼式,

蝴蝶式，

"不错，就这个样子。"
连海豚跳都成功了。

傍晚，古利和古拉用海童特别教给他们的海童式飞快地游了回去。

海童把古利和古拉送到岸边，
对他们说："请多多保重！"
然后，就一个海豚跳消失在波浪中了。

夜幕降临了，古利和古拉久久地望着大海，
只见珍珠色的亮光在远处的波浪间一闪一闪，像是在跳舞一样。

北京市版权局著作权合同登记 图字：01-2020-2402

GURI TO GURA NO KAISUIYOKU (Guri and Gura and Sea Giant)
Text © Rieko Nakagawa 1976
Illustrations © Yuriko Yamawaki 1976
Originally published in Japan in 1976 by FUKUINKAN SHOTEN
PUBLISHERS, INC..
Simplified Chinese translation rights arranged with FUKUINKAN
SHOTEN PUBLISHERS, INC., TOKYO.
through DAIKOUSHA INC., KAWAGOE.
All rights reserved.